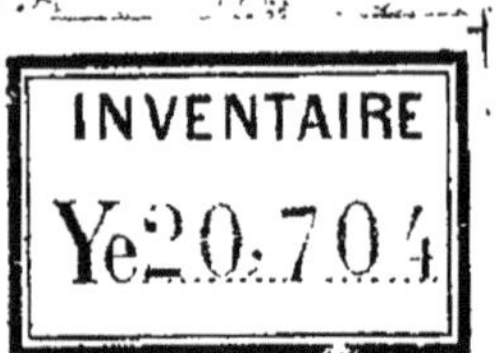


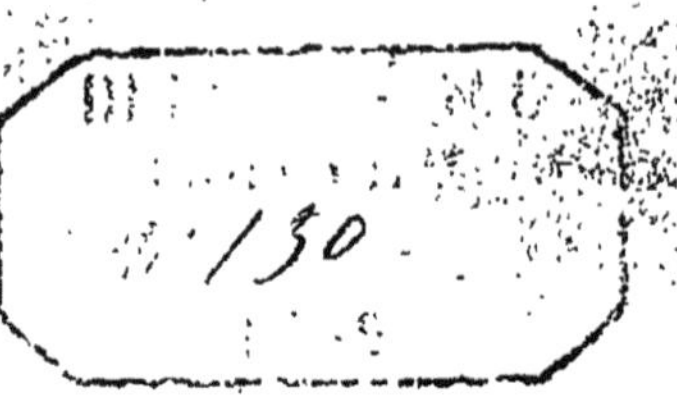

# OPUSCULES

DE

# FERDINAND DU DOT

PUBLIÉS AVEC UNE NOTICE

PAR

HIPPOLYTE LE GOUVELLO

PARIS
LECOFFRE FILS ET Cie, ÉDITEURS
90, rue Bonaparte, 90

1872

OPUSCULES

DE

# FERDINAND DU DOT

Nantes. — Imp. Vincent Forest et Émile Grimaud, place du Commerce, 4.

# OPUSCULES

DE

# FERDINAND DU DOT

PUBLIÉS AVEC UNE NOTICE

PAR

HIPPOLYTE LE GOUVELLO

PARIS
LECOFFRE FILS ET Cie, ÉDITEURS
90, rue Bonaparte, 90

1872

# FERDINAND DU DOT

## I

Il y a deux ans, sur la verte colline où s'élève Campbon, dans la modeste maison où il était né, un jeune malade se mourait, à vingt ans. Son âme s'est envolée de cette terre, en même temps que les premières feuilles tombent des arbres.

Nous venons révéler au public ce poète, digne d'être connu. Par les essais que nous allons publier, Ferdinand Jeanniard du Dot ajoutera, croyons-nous, un certain éclat au groupe assez glorieux des poètes bretons contemporains. Qui sait si des chants futurs n'eussent pas fait briller ce jeune homme au premier rang? Mais la mort a brisé sa lyre dès le prélude.

---

## II

Nous pouvons dire que l'inspiration l'avait confiée aux mains d'un enfant, comme si elle eût prévu le peu de temps qu'il aurait à en jouir.

Ferdinand du Dot n'avait pas quatorze ans lorsque je fis sa connaissance au collége Saint-Sauveur de Redon ; nous étions dans la même classe, nous avions tous deux des goûts littéraires ; nous fûmes bientôt amis, — souvenirs doux et tristes à rappeler. — Déjà il était poète, et, chose rare parmi les écoliers, ses sujets de versions latines ou grecques l'enthousiasmaient. A peine traduisait-il Virgile qu'il le chantait déjà dans une ode dont voici quelques passages :

*Redon, octobre 1863.*

Toi dont la muse fertile
Me fait de si doux loisirs,
Suave et docte Virgile,
Daigne écouter mes soupirs.

. . . . . . . . . . . . . . . . . . . .

Là, le dieu de l'Hippocrène,
Joyeux, te tendait les bras ;
Calliope et Melpomène,
Ici, conduisaient tes pas ;
Et tu volais avec elles,
Paré de fleurs immortelles,
Jusqu'à la postérité ;
Atropos, l'âme ravie,
Comme terme de ta vie,

Marquait l'immortalité.

. . . . . . . . . . . . . . . . . .

Ton harmonieuse lyre
Donnait l'éternel empire
Aux fugitifs d'Ilion.

Quand la mort inévitable
Enfin t'eut fermé les yeux,
Un avenir équitable
Te plaçait au rang des dieux :
La déesse de Mémoire,
Fidèle au soin de ta gloire,
T'élevait au mont sacré,
Et la prompte Renommée
A notre race charmée
Disait ton nom révéré.

Citons encore des fragments d'imitations ou traductions d'églogues assez bien versifiées :

*Redon, juillet 1863.*

AMARYLLIS.

O soleil, aux humains tu donnes la lumière,
Tu présides là-haut aux concerts des neufs Sœurs :
Que ne puis-je écouter, loin des bruits de la terre,
Le doux son de ta lyre et des célestes chœurs !

PHYLLIS.

Si doux que soit Phébus à la lyre sonore,
La voix de mon berger est bien plus douce encore,
Quand, le matin, couché sous les chênes épais,
Il répète mon nom aux échos des forêts.

—

*Redon, 1864.*

MŒLIBÉE.

Puisqu'enfin dans ce jour une fortune aimable
Tous deux nous réunit à l'endroit favorable,
Habiles tous les deux, moi pour chanter des vers,
Toi, sur tes chalumeaux, pour moduler des airs,
Asseyons-nous, Thyrsis, en ce riant ombrage.

THYRSIS.

J'obéis ; aussi bien je le dois à ton âge.
Entrons donc, ou parmi ces jeunes coudriers,
Ou bien dans cette grotte à l'ombre des lauriers ;
Vois comme la pervenche et la feuille de lierre
Ont tapissé la grotte et recouvrent la pierre.

(VIRGILE. — *Églogue V.*)

---

## III

Tels sont les hommages (sauf ce dernier fragment, à peine moins précoce) qu'un élève de quatrième rendait au cygne de Mantoue ; mais aussi combien lui préfèrent quelques romans médiocres, lus à la dérobée ! Ceux-là se sont faits plus d'une fois un plaisir méchant de taquiner notre ami sur ses admirations lyriques. Il y avait tant de passion dans son amour pour les anciens, que le meilleur moyen de le blesser au vif était de s'attaquer à eux, et, par exemple, de soutenir, en s'appuyant sur le nom d'un critique sérieux, que le vieil Homère n'avait jamais existé. On eût nié, suivant lui, avec autant de raison l'existence de son grand-père; nous n'exagérons rien en disant qu'il aimait et vénérait comme un ancêtre Homère, ce père des poëtes, « le plus grand de tous les génies après ceux de l'Ecriture sainte, » m'écrivait-il un jour.

Aussi, ne fûmes-nous point étonnés de l'émotion poétique qui le saisit, lorsque notre professeur de troisième nous proposa pour sujet de narration : *Homère dans l'île d'Ithaque.*

Sa narration fut l'ébauche du morceau antique dont plus tard il acheva l'admirable dessin et finit les couleurs, s'inspirant de ses souvenirs classiques et de l'idylle d'André Chénier, intitulée : *L'Aveugle.* Nous ne craignons pas d'indiquer le modèle qu'il eut certainement devant les yeux : il sut l'imiter, comme il imitait les anciens, sans rien perdre de son originalité, mais sans manquer aux règles d'un goût sévère.

L'écolier puisa encore dans son sujet de narration l'esprit de ces sortes de compositions, renouvelées de Fénelon et de Châteaubriand, où Maurice de Guérin s'est essayé, une fois surtout, avec applaudissement, mais, suivant nous, sans véritable succès. *Le Berger du Ménale et Homère dans l'île d'Ithaque* sont supérieurs au *Centaure*, par le style plus antique, sinon par le fond moins original : différences faciles à expliquer sans préjuger le talent des auteurs. Dans l'un de ces poèmes, le fond disparaissait sous les caprices d'un style mal ordonné ; dans les autres, il était relevé, au contraire, par le goût et l'art d'un style étudié chez les vrais modèles.

Il nous semble curieux de rapporter ici l'impression de Ferdinand du Dot, après la lecture du *Centaure* et des autres œuvres de Guérin.

*Campbon, 25 janvier 1868.*

« J'ai parcouru le volume de Maurice de Guérin. J'ai lu le *Centaure*, que, malgré son mérite, je trouve bien inférieur au *Journal*, car il a du mauvais goût, des passages un peu galimatias, et des mots peu antiques. Il a cependant du mérite et renferme de très-beaux endroits. Mais le *Journal*, c'est autre chose. Voilà ce qui donne la mesure du talent de Maurice et qui fait bien apprécier son âme. Il a un cœur qui me plaît infiniment, et un caractère bien malheureux. Il est triste que ce caractère faible et inquiet l'ait égaré au point de lui faire oublier un moment ses croyances religieuses ; mais il a un cœur si franc et si bon, et, pour employer une expression que je n'aime pas, si sympathique, qu'il n'intéresse que davantage. Il est bien supérieur comme talent à Eugénie. Il n'a pas un style si romantique qu'il se le figure et j'en suis bien aise. Quant à la versification, il y échoue complétement. »

M. Sainte-Beuve et l'Académie française ont décerné la palme à Eugénie. Ferdinand du Dot, nous le savons, lui accordait celle de la vertu et d'un bien plus grand caractère : n'est-ce pas la plus belle ? Quant au talent, nous sommes de son avis contre l'éminent critique et l'Académie elle-même, prévenue, je crois, — elle avait alors de ces heureuses préventions, — par les vertus si rares de la sœur.

Une explication encore sur ce qu'on pourrait croire un vieux préjugé de parti, ressuscité de la querelle des romantiques et des classiques.

Notre ami entendait par classique, ce sont ses propres expressions, « ce qui est digne d'être donné dans les classes aux jeunes gens, pour leur former le goût, et par forme classique, la forme qui ne s'écarte pas, en poésie, de la forme des vers de Corneille et de Racine ; » et, ajouterons-nous, en prose, du style de nos grands auteurs de la même époque. Le romantisme était pour lui l'école de mauvais goût, qui veut encenser dans le même temple et sur le même autel le Beau et le Laid ; d'où il suit que les auteurs dits romantiques avaient pour lui des pages classiques et que les auteurs classiques eux-mêmes peuvent être entachés de romantisme.

## IV

PUISQUE nous sommes sur ce chapitre des goûts littéraires de notre ami, ne le quittons pas, sans achever de les marquer. Achevons d'analyser la terre fertile où, comme un arbuste aux branches touffues, aux fleurs brillantes et parfumées, son talent plongea ses racines et puisa cette séve abondante, élément de sa force et partie de sa beauté.

Qui pourrait dire, en effet, combien la lecture et l'étude des auteurs développent et fortifient les qualités naturelles d'un écrivain? Ainsi, la vue des chefs-d'œuvre de l'art élève le peintre et le sculpteur : une telle éducation grandit le génie lui-même.

Ferdinand du Dot le savait. Il ne se nourrissait pas seulement, on l'a vu, d'Homère, de Virgile et des anciens : les modernes excitaient aussi son appétit.

*Campbon, 4 novembre 1865.*

« Je lis en ce moment Racine, Corneille, Voltaire, J.-B. Rousseau, Molière, Montaigne, Montesquieu, Bossuet, Fénelon. C'est intéressant tout cela, mêlé avec Homère, Xénophon, Virgile, Horace, Cicéron, Salluste, etc., et quelques morceaux contemporains. C'est une jolie rhétoques que je fais là, tu peux m'en croire, et puis de bonnes excursions dans la campagne, et de bonnes soirées bien gaies. Il n'y a pas de quoi pleurer et bien sot qui s'en fait du chagrin. »

Alors sa maison natale était son collége ; son professeur de rhétorique était son frère ; mais, hélas ! sa mauvaise santé lui procurait ces avantages.

André Chénier fut l'un de ses maîtres en poésie, et il apprit beaucoup à son école. Il l'avait en grande estime.

*Campbon, 25 novembre 1865.*

« C'est un très-grand poète, une très-belle âme, un très-beau caractère... Ce qui me répugne en lui, c'est la licence qui règne si souvent dans ses écrits. »

Parmi les contemporains, il admirait surtout Lamartine. Il le plaçait avant Victor Hugo, qui a, disait-il, moins de goût. Il avouait la supériorité du génie de ce dernier sur maître Boileau ; mais, observait-il, « je lui préfère sans aucune hésitation messire Jean Racine, que Monsieur Victor Hugo a toujours, je crois, tant soit peu dédaigné. » Je me souviens que j'ai lu Musset, pour la première fois, dans ses lettres, mais l'odeur d'absinthe nous gênait tous deux chez ce poète. La prose d'Alfred de Vigny le ravissait : il goûtait moins ses vers. Il s'animait en parlant des morceaux choisis de la tribune anglaise et de la tribune française, qu'il avait lus dans les Recueils de M. Noël. Enfin, pour ne pas prolonger une énumération fatigante et pour montrer par un dernier trait que notre ami avait des hommages pour tout ce qui est beau, tout est ce qui grand, *L'Athéisme et le Péril social,* de Mgr Dupanloup, lui inspira un sonnet, tel que Boileau les aimait.

---

## V

Nous cacherions toutefois quelque chose des préférences intimes du jeune classique, si nous ne reproduisions le passage suivant d'une lettre un peu enluminée d'exagération, mais d'une exagération très-louable et inconnue d'ordinaire aux étudiants :

*Campbon, 6 novembre 1868.*

« Je me replonge un peu dans la poésie et dans la musique que j'aime avec une passion de plus en plus grande. Je relis Horace et le traduis à mes moments perdus. Comme j'ai été étonné en l'ouvrant pour la première fois depuis au moins un an ! Habitué que j'étais aux plus grands poètes contemporains, tels que Lamartine, Musset, Chénier, Hugo, il m'a semblé que j'avais gravi un mont d'une hauteur incommensurable, comparé à la place de ces derniers écrivains. Quelle force, quelle vigueur de génie, quelle inspiration profonde, quelle mélancolie bien sentie ! Cela vous remue jusqu'aux dernières fibres de l'âme. Ah ! les anciens, les vrais classiques en littérature comme en musique (et je le sens surtout pour la littérature où je me connais mieux), ils garderont toujours la première place. »

Ferdinand du Dot n'était pas musicien, mais la belle musique résonnait profondément dans son âme. Beethoven, Mozart, Weber, Rossini, Boïeldieu, le charmaient. Les sons d'un piano où j'ai joué et d'une voix qui lui était chère, reviennent en ce moment comme un écho vibrer à mon oreille. Avec quelle attention le poète écoutait, dans ces petites soirées musicales que sa famille improvisait pour le distraire ! Quels commentaires pleins de justesse jaillissaient de ses lèvres, après chaque morceau ! Et, lorsque la musique élevait sur ses ailes une poésie sublime, comme *Le Lac* de Lamartine, quel vol prenait son âme elle-même au-dessus de la terre et de ses maux !

D'ailleurs, il comprenait tous les arts. Il revoyait, sans se lasser, de vieilles gravures où il trouvait de nouvelles raisons d'admirer les siècles passés au détriment du nôtre. En sculpture, et en architecture, il faisait renaître, en imagination, au moyen de livres et de gravures, les grands monuments d'Athènes et de l'ancienne Rome, pour les opposer aux édifices gothiques. J'ai plus d'une fois disputé avec lui là-dessus, car je pensais qu'il s'en faisait une idée trop céleste. N'allez pas croire, toutefois, qu'il ne gardât beaucoup d'admiration pour l'art chrétien. En voici la preuve :

*Campbon, 6 novembre 1868.*

« J'ai visité, à Nantes, quelques églises, Saint-Louis, Saint-Nicolas, Sainte-Croix et la Cathédrale. Cette dernière seule me plaît. En elle seule je trouve cette inspiration chrétienne, nécessaire à une église. Les tours sont magnifiques, et à l'intérieur les voûtes sont élancées et inspiratrices. Il y a dans cette cathédrale quelque chose qui parle à l'âme, il y a enfin du génie, comme dans toutes les grandes églises de ce temps. C'est ce que je n'ai pas trouvé dans les autres. J'y ai vu des lignes bien tracées, des blocs de granit ou de crazane bien sculptés et bien nettoyés ; des vitraux peints de brillantes couleurs, des tableaux plus ou moins bien faits, (celui, entre autres, où Abraham, dont l'ange arrête le couteau au moment où il va sacrifier Isaac, a l'air d'être atteint de paralysie subite ainsi que l'ange et son fils, tant ils sont roides tous les trois : une petite tête poilue et cornue sort des broussailles et les regarde d'un air étonné) ; des clochetons gothiques habilement disposés, des voûtes élancées ; mais rien, au dehors ni au dedans, qui inspire la piété, ni qui fasse réfléchir ; pas de génie, des vraies constructions du XIXe siècle, des pierres sans âme. »

---

## VI

Il ne suffit pas d'avoir en soi le goût du beau pour le produire. Pour me servir d'une expression vulgairement employée, on peut être *artiste* sans être écrivain, sans être poète. Il faut à l'esprit, pour créer, d'autres sens que celui de la vue. Il faut dans l'âme une étincelle de génie pour y allumer le feu de l'inspiration. Mais il y a, dans les livres de ceux que nous pouvons appeler nos pères, comme un souffle puissant qui attise et fait briller ce feu ; faute de quoi souvent il s'éteint, après quelques lueurs fugitives.

Il est bien entendu que nous ne parlons pas

de ce génie intense qui peut brûler de lui-même, sans autre souffle que le sien, sans autre aliment que ses propres pensées ; en un mot, sans autre puissance que celle que Dieu a mise en lui.

Peut-être, Ferdinand du Dot avait-il celui-là: c'est le secret de la tombe. Il a montré au moins l'étincelle du talent et son feu aura brillé de cet éclat tempéré qui charme sans éblouir.

---

## VII

Nous avons cité, en commençant, les premiers vers du poète, ces bégaiements d'une langue qu'il parla de bonne heure, avec quelle pureté ! les morceaux trop courts, hélas ! que nous publions, le diront assez. Ils étonneront, à une époque où les règles et, en quelque sorte, la grammaire de cette langue sont oubliées, bien plus, où l'on se fait un étrange mérite de les violer, où l'on rime des lignes de prose, croyant faire des vers, où l'on se moque de maître Boileau, malheureusement à l'abri de sa verge.

Ferdinand du Dot avait étudié la versification dans l'*Art poétique* et il avait pour Boileau la même estime et le même respect que Racine, ce roi des poètes français, aussi majestueux et aussi gracieux à la fois que Louis XIV, son Auguste et son ami.

Le réformateur de notre Parnasse disait un jour de l'auteur d'*Athalie* : « Je lui ai appris à faire difficilement des vers faciles. »

Ferdinand du Dot s'instruisait avec eux dans cet art. Son vers, doux, coulant *frais comme une onde*, paraît facile, et pourtant il le travaillait, le remaniait, le repolissait sans cesse. S'il ne le faisait pas toujours difficilement, il ne s'en contentait qu'avec peine. Sa santé débile lui rendait encore ce travail plus pénible, alors même qu'il composait ses plus beaux vers.

« Au premier moment de l'inspiration, lisons-nous dans une note de ses cahiers de poésies, je ne fais que deux ou trois vers par-ci par-là. La faiblesse de ma tête fait que je me fatigue en en voulant composer d'autres : avec la fatigue, la chaleur de l'inspiration se refroidit... Je ne finis que plus tard, difficilement et avec peine. » (Campbon, février 1866.)

De là ces vers isolés, fleurs cueillies en passant dans les riches jardins de l'antiquité ou dans les plaines fécondes où son imagination errait. Que n'eut-il le temps de les réunir ! Il faut en offrir quelques-unes à nos lecteurs, pour leur donner un avant-goût et des exemples de la poésie de notre ami :

Blanche comme un blanc lis et fraîche comme une onde.

Nous prenons plaisir à lui appliquer de nouveauce vers, digne de Chénier.

Voici des modèles d'imitations antiques :

J'irai dans les forêts et dans les antres sombres
Goûter le doux sommeil et la fraîcheur des ombres.

(VIRGILE.)

Néère cueillerait des fleurs dans l'herbe molle,
Et près de moi Phyllis me dirait ses chansons.

(VIRGILE. — *Églogue II.*)

Vois les jeunes amours, enfants aux blanches ailes,
Voltiger parmi les cyprès.

. . . . . . . . . . . . . . . . . . . . . . . . . . . . .

Il n'est plus que mourir à qui n'a plus d'amour.

. . . . . . . . . . . . . . . . . . . . . . . . . . . . .

Et le vent de l'amour en caressant ma lyre,
La fait vibrer : de même, un souffle du zéphyre,
Frappant doucement l'air, des flexibles roseaux
Le bruit harmonieux voltige sur les eaux.

. . . . . . . . . . . . . . . . . . . . . . . . . . . . .

Quel est ce faible son que la corde soupire ?
Quel est ce faible son qui dans sa bouche expire,
Que l'humide Naïade au milieu des roseaux
Ecoute avec douleur et se plaît à redire ?

(OVIDE. — *La Mort d'Orphée.*)

Un trait d'harmonie imitative :

De l'Olympe élevé la bise se déchaîne
Et balance en sifflant la cime des grands pins.

Le fragment suivant est un pastiche d'Anacréon, embelli d'une teinte de christianisme. Ici, comme dans les vers qui précèdent, est-il besoin de repousser toute allusion personnelle à l'auteur ?

Ma puissante main guidait la Victoire,
Mon front s'élevait couronné de gloire,
Et ma renommée atteignait les cieux...
Mais quand tu parus, mon enfant chérie,
Je sentis bien loin fuir ma rêverie,
Et je ne vis plus que tes grands yeux bleus.

O sylphes moqueurs, visions légères,
Troupe de lutins aux voix mensongères,
Beaux rêves de gloire, adieu pour toujours :
Car j'aime bien mieux quelque rive obscure
Où, parmi les fleurs, parmi la verdure,
J'offrirai ma vie innocente et pure
Au Dieu protecteur des chastes amours.

Agréable est le myrte à la belle Vénus,
Le chêne à Jupiter et la vigne à Bacchus,
La rose à l'enfant de Cythère,
L'hyacinthe à Phébus qui règne sur les cœurs ;
En nos prés cependant l'églantine sait plaire
A ma blonde Néère,
L'églantine est pour moi la plus belle des fleurs.

(VIRGILE. — *Églogue VIII.*)

On a pu voir déjà que le jeune poète usait, et abusait peut-être, au début, des formes arriérées de la mythologie, mais il sut bientôt en modérer l'emploi.

Encore une pensée qui peut s'appliquer cette fois, non-seulement à ses écrits, mais à ses manières, à sa conversation, à toute sa personne : une certaine subtilité d'esprit dont il ne se gardait pas toujours assez, était même chez lui naïvement simple :

Et je compris alors que la simplicité
Est le plus précieux des dons de la nature
Et que la beauté simple est la seule beauté.

Quelle consolation n'apporte pas aux ennuis et aux tristesses de la terre cette prière exaucée :

Accordez-moi, Seigneur, un cœur qui me comprenne,
Qui se plaise à ma joie et qui pleure à ma peine.

Enfin, un élan de cantique vers le ciel :

Oh ! qui me donnera l'aile de la colombe,
Pour voler au séjour où sont les bienheureux !

---

## VIII

Ces traits pris çà et là, et jetés comme les premiers coups de crayons d'un dessin, ne suffiraient point à esquisser la physionomie du poète que nous essayons de peindre. Il faut appuyer davantage sur les lignes, accentuer les couleurs, ombrer les teintes, affermir l'expression encore indécise du portrait. Il faut indiquer les sources principales de sentiments et de pensées où l'âme puisa ses inspirations et laisser au moins une idée de cette âme. Le poète lui-même continuera de nous prêter pour cela son pinceau et sa palette, nous voulons dire ses vers et le trésor de lettres qu'il me donna pièce à pièce, trésor du cœur, précieusement gardé dans le recueil de mes plus chers souvenirs, mais dont je ne veux point être avare pour décorer le gracieux monument que mon ami s'est élevé de ses propres mains.

Les titres de ses poésies sont à eux seuls déjà toute une révélation : *Désenchantement*, *Élégie*, *Fragment sur la mer*, *le Printemps*, *Portrait*, *Au Printemps*, *Elégie*, *Nuit d'hiver*, *Fragments*, dont plusieurs pourraient s'intituler *Épitaphe*, *Soleil d'hiver*, un sonnet religieux, et un dernier morceau qui est une élévation vers Dieu.

Eh! n'y pressentez-vous pas les tristesses d'une âme fatiguée par le poids d'un corps malade, mais assez forte encore pour l'enlever malgré lui vers les régions de l'idéal? N'entendez-vous pas, gémissants et harmonieux comme les sons d'une harpe éolienne touchée par le vent, mais plus distincts, plus suivis dans leurs accords, les préludes de cette lyre ? N'entrevoyez-vous pas, à travers les brumes légères qui s'élevent au matin comme au soir de la vie, le bleu du ciel, les rayons d'un soleil à son aube, la verdure des feuillages et des herbes, les fleurs étincelantes sous les larmes de la rosée, la fraîcheur, l'animation discrète, les beautés à demi-voilées, mais d'autant plus touchantes, de la nature à son réveil ? Au milieu du paysage, on distingue, hélas ! la pierre d'une tombe, comme dans le célèbre tableau du Poussin : le poète la regarde, il n'en perd point la vue comme les bergers amoureux du peintre, malgré sa jeunesse et les joies que respire la vie aux alentours, mais à côté du vieillard placé au premier plan, ne le voyez-vous pas lire de près l'inscription avec une douce mélancolie et une gravité rêveuse : *Et in Arcadiâ ego?* — Enfin, au-dessus de tout cela, une lumière qui n'est point celle de la terre, ne vous semble-t-elle pas briller dans l'âme du jeune auteur ?

Mais laissons-là ces allégories : ils disent plus que notre prose et de vains titres, ces extraits de pièces que nous n'avons pourtant pas jugées dignes de paraître à côté des autres et surtout ces extraits de lettres où Ferdinand du Dot se peint lui-même.

---

## IX

Vous avez lu avec attendrissement sans doute *La Chute des feuilles*, cette élégie de Millevoye, la seule qu'on lise encore. Ferdinand du Dot l'a faiblement imitée dans *Mœris*, l'un de ses premiers essais poétiques, mais il y brille, avec de beaux vers, un reflet de ses inspirations futures, auquel nous devons nous arrêter.

*Redon, février 1864.*

Le soleil reposait, et la voûte azurée
D'innombrables flambeaux se montrait décorée ;
   Blanche dans son char argenté,
Diane, rayonnante et de gloire parée,
Éclairait les humains de sa pâle clarté.
   Partout le calme sur la terre,
   Partout respirait la douceur,
   Vers le ciel, comme la prière,
S'élevait le parfum de la naissante fleur.

. . . . . . . . . . . . . . . . . . . . . . . . . . .

Seul, errant tout pensif à travers la vallée,
Mœris, faible et mourant au matin de ses jours,
Épanchait en ces lieux son âme désolée,
Et, morne, à sa douleur donnait un libre cours;
Mœris, qui s'avançait d'un pas faible et débile,
Consumé d'insomnie et de tristes langueurs,
Et jetait dans les airs cette plainte inutile,
Le long des vieux ormeaux, seuls témoins de ses pleurs.

. . . . . . . . . . . . . . . . . . . . . . . . . . . . . . . . . . .

Suivent des adieux aux êtres aimés, à la nature, aux champs, aux prés, aux fleurs qu'il ne verra plus :

Je ne la verrai plus, cette fraîche églantine,

. . . . . . . . . . . . . . . . . . . . . . . . . . . . .

Et le tendre lilas à la grappe odorante,
Le lys candide et pur, le narcisse doré,
Et les sombres lauriers, et la rose brillante,
Auprès d'eux étalant son calice empourpré.

O riants berceaux de verdure
Où je vis autrefois couler mes jeunes ans,
Vous ne répondrez plus à mes tristes accents;
O douce et féconde nature,
Tu ne fourniras plus de sujets à mes chants.

Puis, après des plaintes prolongées, cette pensée consolante :

Non, non, l'homme n'a point d'éternelles misères,
Bien souvent le plaisir vient soulager son cœur,
Parmi les chagrins de la terre,
On doit goûter au moins quelques jours de bonheur.

. . . . . . . . . . . . . . . . . . . . . . . . . . . . . . . . . .

Une description très-colorée pour finir :

Mais tandis qu'il parlait, la rive orientale
D'une brillante aurore annonçait le retour,
La plante ouvrait sa fleur à l'aube matinale,
Le vallon se dorait aux premiers feux du jour,
Et, cessant de montrer sa lumière blanchie,
Diane s'enfuyait à l'aspect de Phébus.
Mœris abandonna la riante prairie,
Mais, hélas ! il ne revint plus.

Le jeune homme prévoyait déjà la brièveté de ses jours : il contemplait avec délices et tristesse les riants paysages de la terre natale qu'il devait si tôt quitter.

---

## X

CETTE mélancolie et cet amour enthousiaste de la nature apparaissent dans sa correspondance avec plus de laisser-aller, mais avec des couleurs plus graves. De temps à autre une note spirituelle et joyeuse en varie l'impression.

*Batz, 8 août 1864.*

« Je ne vois aucune nouvelle à te donner du bourg de Batz, sinon qu'il y a aujourd'hui des noces, ce qui est une grande affaire pour tous les environs. Il va nous arriver du Pouliguen et du Croisic quantité d'omnibus, chargés de baigneurs de ces deux endroits, accourus à grands frais pour voir la noce. Quant à moi qui en ai déjà vu à satiété, je ne trouve de curieux là-dedans que les toilettes et les airs plus ou moins excentriques des baigneurs, venus là moins pour voir que pour se faire voir. En vérité, ces habits rouges, verts, jaunes, bleus, bigarrés, sont la plus jolie comédie du monde, c'est un vrai carnaval d'été, il n'y manque rien que les masques : c'est le cas de répéter le refrain de la chanson : *Du vert, du gris, du jaune,* etc. Je ne sais pas si tu as jamais été témoin d'un spectacle pareil..... C'est un muséum que cette foule bizarre : il y en a pour tous les goûts, il y en a de jolies, il y en a d'horribles, il y en a de simples, il y en a d'excentriques, il y en a de jeunes, il y en a de vieilles, en veux-tu, en voilà... Il y a des gens très-bien, il y en a d'autres plus ou moins] équivoques. Enfin, c'est, comme disait en parlant des comices, certaine vieille dame de ma connaissance, *une étrange confusion d'animals.* »

*Campbon, 14 août 1865.*

« Il y a des moments où l'on est triste sans savoir pourquoi ; les choses qui vous plaisaient le plus vous répugnent ; on ne sait littéralement que faire de soi. »

*Octobre 1865.*

« Je ne sais pas si cela tient à l'automne, saison très-mélancolique, je dirai même triste, mais il est certain que, ces temps-ci, je ne suis pas dans mon assiette, quant à l'esprit. Toutes sortes de pensées viennent se croiser dans ma tête, et aucune ne me contente.... Je ne suis pourtant pas précisément triste : je ne sais pas ce que j'ai; ce n'est pas tout à fait de la tristesse, c'est plus que de la mélancolie, c'est je ne sais quoi qui fait que je ne suis pas heureux ; il y a des jours comme cela... Je fais les rêves les plus ridicules, les plus extravagants. Quelquefois je regrette de n'être pas un laboureur, un paysan sans instruction, vigoureux et sans souci.

> Atque utinam ex vobis unus, vestrique fuissem
> Aut custos gregis, aut maturæ vinitor uvæ, etc.
>
> (Virgile. — Ecl. X. *Gallus*.)

Je crois qu'il est bien probable que s'il en eût été ainsi, je serais plus heureux :

> Je suis pauvre, et pourtant cette noble bruyère
> Et le toit de gazon de mon humble chaumière,

Ces taureaux bondissants, mes brebis et mes chiens,
Et ces blés, en un mot, tous ces modiques biens,
Même avec abondance ont de quoi me suffire.
Je puis vivre et chanter, c'est ce que je désire. »

Ce rêve, exprimé en prose et en vers, reviendra plus d'une fois sous la plume de mon ami.

*Campbon, 11 février 1866.*

« Quel joli temps ! C'est à peine si, en traversant le bourg, je pouvais marcher avec le vent. Quel plaisir je vais avoir à m'endormir à ce bruit-là !

*Quam juvat immites ventos audire cubantem !* »
(TIBULLE).

*Campbon, 11 février 1856.*

« Ah ! mon cher ami, que les promesses de la Muse sont menteuses ! En écrivant ces phrases informes et disloquées, j'étais, pour ainsi dire, enivré. Le soleil qui était magnifique répandait une lumière joyeuse par ma fenêtre : j'avais devant moi sur mon bureau un bouquet de violettes dont la bonne odeur m'excitait.... Je regrette à présent d'avoir composé ce que je t'envoie : je m'en impatiente presque. Comment ! la nature est si belle, et quand je veux la copier, je ne fais que de si laides choses ! c'est décourageant. »

Le vrai talent est rarement content de soi. Ferdinand du Dot était modeste : au contraire du grand nombre, il aimait la critique et se la faisait plus sévère à lui-même que les moins indulgents.

*Campbon, 14 avril 1866.*

« Comme il est joli de voir tous ces grands prés verts, pleins de boutons d'or et de marguerites, et ces champs où le blé commence à grandir, et les fleurs jaunes des navets, quoique le nom en soit peu poétique, et puis les arbustes qui commencent à se couvrir de feuilles, les pêchers tout roses (il faut se dépêcher à les voir, ceux-là, car ils sont presque tous passés), les poiriers et les cerisiers tout blancs, les mérisiers et les lilas qui vont fleurir, les premières roses qui s'ouvrent. Tout cela est charmant. »

*14 juin 1866.*

« N'a-t-on pas les rêves et les illusions pour se consoler ?

> Flatteuse illusion, doux oubli de nos peines,
> Oh ! qui pourrait compter les heureux que tu fais !

Comme j'aimerais bien mieux être un bon laboureur, dans quelque joli petit village ! A présent, grandi au milieu des exercices fortifiants, de l'air des champs et de la liberté, je serais un robuste garçon de ferme, j'attellerais mes bœufs, je couperais mes blés, et je tiendrais la queue de ma charrue. A l'automne, je mènerais les pommes au pressoir et je ramènerais le cidre dans le cellier. L'hiver, je m'endormirais tranquillement dans ma petite maison, au bruit de la pluie tombant sur le toit et battant les vitres, après avoir veillé chez quelque bon voisin. Puis, quand il y aurait quelque noce campagnarde, j'irais danser joyeusement sur l'herbe, au son des contredanses que nous jouerait un violon plus ou moins émérite, monté sur sa barrique à l'ombre d'un bel orme touffu. Ou bien encore, tout le monde n'ayant pas le luxe d'un violon, quelque chanteur à voix forte mènerait, comme on dit, la danse, au son de la *goule*. Pendant le Carême, j'irais le soir à la prière, puis je reviendrais gaiement avec les troupes de voisins, au clair de la lune, tandis qu'un bon feu nous attendrait chez nous, pour nous réchauffer de l'air piquant du soir... Je saurais lire, écrire et calculer un peu. »

*1er novembre 1867.*

« La tristesse me gagne.... Elle me suit partout, jusque dans les plaisirs ; lorsque je suis seul ou lorsque je suis avec quelqu'un ; dans mes promenades, lorsque je contemple les belles teintes de la campagne en automne, éclairées par la lumière, si riche dans ces mois-ci, du soleil ; dans ma chambre, le soir, quand le vent souffle et quand la pluie tombe. Et c'est mon idée fixe du commencement de cet été qui s'est de nouveau emparée de mon esprit, le sentiment de la brièveté des choses humaines et la pensée toujours présente de la mort. Dans les moments de joie et de plaisir, lorsque je m'aperçois que l'heure passe, je me dis : « Dans quelque temps, que va-t-il me rester de tout cela? » Puis la pensée de la mort me suit et je l'applique à tous ceux qui sont devant moi. Cette personne qui est là, qui rit, qui est pleine de jeunesse et de gaieté, qui est heureuse de vivre, eh ! bien, le jour viendra, peut-être bientôt, où elle sera couchée, faible et mourante, sur son lit. Elle regrettera peut-être la vie, elle regrettera de quitter si vite les plaisirs qu'elle avait tant aimés. Et elle pleurera, et elle voudra se cramponner à la vie, et elle ne le pourra pas, elle sentira la force la quitter peu à peu, elle verra tout ce qui l'entoure s'évanouir et lui échapper. Ah ! quelles angoisses, quels tourments on doit souffrir à ce moment terrible d'impuissance et de désespoir, où tout disparaît, où toute une longue vie ne ne semble plus rien, où l'on ne voit plus que le Dieu qui nous jugera, et l'effrayante incertitude de l'éternité et l'immense accumulation de nos crimes ! Ne frissonne-t-on pas en pensant que nous tous, mais tous, nous devons subir cet affreux moment ? Oh ! qu'ils seront heureux ceux qui abandonneront la vie avec un cœur dignement préparé ! »

*25 janvier 1868.*

« C'est un plaisir, les jours de fête, l'hiver, de traverser les rues pleines de voitures brillantes et légères, et de piétons chaudement enveloppés, et égayés par les jolis riens exposés dans les bazars et aux étalages des confiseurs. Il semble qu'alors les dragées sont plus fines et les pâtisseries de meilleur goût. »

*13 mars 1868.*

« Voilà que nous arrive le moment d'une certaine pêche à l'anguille, qu'on appelle biguenée. Elle se fait la nuit et l'on peut rester de sept heures à minuit ou plus sous le ciel étoilé, au bord de l'onde, où les astres se mirent, tandis que souffle cette brise si réjouissante et si parfumée, quoiqu'un peu froide, que l'on sent à cette époque de l'année. Je goûte aussi beaucoup les longues chevauchées à travers champs, au milieu des blés verts et des arbres qui bourgeonnent ; j'aime enfin la nature pure et simple que j'admire de ma fenêtre (ou d'ailleurs); je suis fortifié dans cette admiration par les anciens qui me la font goûter encore davantage dans leur langue agréable, aux beautés intraduisibles... Quoique j'aie depuis longtemps à ma porte les plaisirs de la campagne, je les goûte toujours avec un nouveau charme. »

*28 septembre 1868.*

« Lorsque je suis seul, souvent je suis pris d'une tristesse sèche, d'un ennui accablant. Ce temps d'automne le diminue un peu et y rejette un vague parfum de mon ancienne mélancolie. Ce vent qui siffle et cette pluie qui tombe me ramènent les idées de chaumières et de prairies, enfin toutes mes vieilles églogues, et je me reprends à rêver un toit de roseau et un petit champ, au milieu, des arbres touffus et des épis dorés ; et je me forge tout un bonheur dans cette demeure pauvre où je me vois libre de tous soucis, heureux et bien portant, passant ma vie entre ma charrue et mon repos.... Je cultiverais paisiblement et sans ambition le champ que m'aurait laissé mon père, et je le laisserais à mon tour à mes enfants. »

L'année suivante, dans ce même mois, presque à la même date où il me confiait ses rêveries de bonheur et cette aspiration au repos qui semblait attirer son âme avec la force d'un aimant, mon pauvre ami voyait, il goûtait aussi, je l'espère, l'éternel repos de l'autre vie.

---

## XI

MALGRÉ le mal qui le consumait, Ferdinand du Dot a joui encore sur cette terre de quelques beaux jours : ne jouira-t-on pas avec lui des plaisirs d'hiver à la campagne, si vivement décrits dans la lettre suivante ?

*Campbon, 22 janvier 1869.*

« Voici maintenant le temps du coin du feu. Les bonnes causeries que nous ferons auprès de la cheminée bien remplie (*ligna super foco large reponentes*), en regardant la gelée blanche qui couvre les champs : quelles bonnes courses sur le sol durci, courses commencées en frissonnant et en cachant les mains sous son manteau, finies avec un corps alerte, des mains et des pieds brûlants et une satisfaction physique générale ; courses, tantôt au milieu des prés verts et blancs où les grains de gelée brillent au soleil comme des perles, tantôt au milieu des arbres dégarnis de feuillage où volent en grelottant sous leur plumage épaissi les merles et les moineaux affamés, ou bien encore dans les landes marécageuses, parsemées de flaques d'eau glacée, d'où s'élèvent çà et là un petit brin de gazon ou la pointe d'une branche de bruyère — tandis que la bécassine effrayée s'envole et disparaît dans les airs en faisant mille détours. »

---

## XII

Deux extraits, les derniers que nous citerons, vont montrer, en même temps que les opinions politiques du jeune auteur, quelles étaient ses prévisions pour notre siècle.

*Campbon, 6 mars 1869.*

« Je ne m'étonne point de ce libéralisme que tu as trouvé jusque chez M. X..., mais je m'en attriste. Comme tu le dis fort bien, c'est le courant du siècle; mais je ne sais quand viendra l'autre qui donnera raison à nos saines idées, car le courant est bien fort, et il entraînera sans doute plus d'un siècle. Et cependant ce sont de saines idées, je ne crains pas de le dire et de le soutenir, malgré les voix puissantes et les esprits éminents qui affirment le contraire. Car ce n'est pas mon seul sentiment que j'oppose à ces autorités. Ce sont les faits aux faits. C'est l'autorité écrasante de ces siècles virils pleins de force et de grandeur, brillants d'une vraie lumière et tout resplendissants de gloire, c'est cette autorité que j'oppose aux rêves insensés d'un siècle décrépit et malade, vieillard tombé en enfance, tout souillé de crimes et noirci d'opprobre, et traînant peu à peu la France vers le tombeau ; car c'est bien le chemin où, depuis quatre-vingts ans environ, nous nous sommes engagés, d'erreur en erreur, de révolution en révolution, et, si la Providence ne nous relève pas encore une fois, d'où nous ne sortirons certes pas, le chemin de l'abaissement complet, pour ne pas dire plus. Ce dont je m'étonne, c'est qu'il y ait des hommes qui personnifient en même temps la bonne foi et le génie, et qui sont complétement aveuglés sur ce point-là. »

Ferdinand du Dot écrivait ceci un peu plus d'une année avant la guerre avec la Prusse : mais, prévoyant *notre abaissement complet, pour ne pas dire plus*, il n'était pas sans compter sur le bras tout-puissant de la Providence.

Il attaque le libéralisme insensé des hommes qui, après plus d'un siècle d'expériences, s'obstinent à bâtir sur *les principes de* 89, ce sable mouvant, confondent encore la Révolution qu'on a faite et la Réforme qu'on devait faire et laissent comme une mine sous l'édifice gouvernemental, sans oublier la mèche pour le feu de l'émeute, le *droit à la révolte*, qu'ils osent bien appeler *un droit et même un devoir*. Mon ami comprenait comme nous, j'en suis sûr, cet autre libéralisme, inauguré par la Restauration, adopté par le petit-fils de Charles X, protégé par la tradition, les lois, le respect de l'autorité légitime, mais avant tout par des principes religieux sans lesquels la liberté engendre nécessairement l'anarchie et le despotisme chez un peuple. M. de Maistre l'a dit avec raison et l'histoire le prouve, il faut nous soumettre à cette logique, quelque dure qu'elle soit : « Partout où règne une autre religion que la nôtre, l'esclavage est de droit, et partout où cette religion s'affaiblit, la nation devient, en proportion précise, moins susceptible de la liberté générale. Nous venons de voir l'état social ébranlé jusque dans ses fondements, parce qu'il y avait trop de liberté en Europe et qu'il n'y avait plus assez de religion. Il y aura encore d'autres convulsions et le bon ordre ne sera solidement affermi que lorsque l'esclavage ou la religion sera rétablie. »

Ferdinand du Dot a suivi avec tristesse, mais avec espoir aussi, la politique usurpatrice et le sacrilége de Victor-Emmanuel et la politique hypocrite de Napoléon III à l'égard du Saint-

Siége et de Pie IX, « ce vieillard sublime, ce saint, » comme l'appelait notre jeune catholique.

*Campbon, 4 novembre 1867.*

« ..... N'importe, malgré la tristesse des événements, nous devons encore espérer. Pour moi, je pense toujours que l'Église sortira de ces épreuves, à la gloire de Dieu et à la confusion de ses ennemis. Je relis les admirables psaumes de l'office de la sainte Vierge et je repasse avec mon esprit cette belle phrase de Bossuet : « Quand Dieu veut faire voir qu'un ouvrage est » tout de sa main, il réduit tout à l'impuissance » et au désespoir, puis il agit. »

---

## XIII

Tandis que je réunissais les morceaux, et en quelque sorte les pierres de prix que je découvrais dans les écrits de Ferdinand du Dot, à mesure que sa physionomie se formait comme en une mosaïque, mille souvenirs me remontaient au cœur et à l'esprit, et, sous leur jour, la ressemblance du portrait m'est apparue aussi vive que possible.

Chez Ferdinand du Dot, le style répondait à la parole, et la parole et le style étaient également l'écho vrai de son âme. Ses lettres ne contredisent jamais les longs entretiens que j'ai eus avec lui : et combien de fois nous sommes-nous promenés ensemble dans les cloîtres de Saint-Sauveur, les prairies de Campbon, les bois de

Sévérac ou les rues de Nantes ! Et combien de fois nous sommes-nous assis à la même table ou à l'ombre du même foyer ! et combien de fois avons-nous devisé tous les deux !

Nous étions là tous deux dans la verte prairie,
Couchés sous les lilas, sous les pommiers en fleurs ;
Le verger se peignait de ses mille couleurs...

Ces vers ne seraient-ils pas une trace poétique des souvenirs que nous rappelons ?

Ici ou là, je revois mon ami avec les mêmes traits, religieux jusqu'au scrupule, hélas ! traditionnel en politique, en art, en littérature, épris de la poésie et de la nature ; heureux tempérament et rêveur triste, parce qu'il était malade, mais néanmoins avec des éclairs de joie, ne perdant pas de vue le soleil de l'éternelle Beauté qui luit sur l'horizon du chrétien ; original et imitateur, peut-être plus imitateur qu'original ; critique fin et du goût le plus pur ; écrivain ou causeur simple, naïf même, quoique un peu subtil : somme toute, esprit rare et précoce, il a montré du talent, fruit déjà visible sous la fleur, à l'âge où la plupart de nos grands poètes ne donnaient même pas d'espérances.

---

## XIV

Et maintenant, quelle est la place de Ferdinand du Dot dans la phalange nombreuse, sinon très-brillante, des poètes du jour, à la tête desquels M. Victor de Laprade marche assez loin en avant, disciple à la fois de Corneille et de Lamartine ! Une place à part, croyons-nous, à l'un des premiers rangs, peut-être auprès d'Élisa Mercœur, son infortunée compatriote, qu'il admirait et qu'il aimait pour ses mâles élans vers la gloire, pour la profondeur de son sentiment et la forte poésie de son style. Laissons à la critique le soin de la marquer davantage et de la mettre en lumière. A elle de dire si les illusions du cœur nous ont exagéré le mérite du poète, si nous nous sommes trompé, lorsqu'en livrant au jour de la publicité les *Opuscules* de Ferdinand du Dot, nous avons cru poser des Immortelles sur la tombe d'un ami.

---

# OPUSCULES

DE

# FERDINAND DU DOT

## A MON FRÈRE.

—

O toi qui dors là-bas près de notre vieux père,
L'entends-tu, l'entends-tu, mon jeune ami, mon frère,
Ce regret fraternel,
Tandis que les saisons vont changeant ta couronne
Et répandent les fleurs sur ton front qu'environne
Un hiver éternel ?

Toi qui, depuis les jours de ton adolescence,
N'eus jamais avec moi qu'une seule existence
Et les mêmes amours;
Toi, riche et doux printemps fauché par la tempête,
L'hiver, l'hiver précoce, en moissonnant ta tête,
A flétri mes beaux jours.

Aussi le temps qui passe, apportant à mains pleines
Le languissant oubli, seul remède à nos peines,
Respecte mes regrets,
Et quels que soient les biens qu'ici-bas l'homme envie,
Je veux garder ma peine et reposer ma vie
A l'ombre des cyprès.

La belle antiquité, nourrice du génie,
Avait longtemps bercé d'une même harmonie
Nos esprits fraternels :
Moi, songeur amoureux et de soleil et d'ombre,
J'allais entretenant de mes rêves sans nombre
Nos chênes paternels ;

Et toi, comme un pasteur prend leur miel aux abeilles,
Dérobant aux anciens les suaves merveilles
De leurs inventions
Et tendant ta main pure à leur docte largesse,
Tu savais que l'esprit se rajeunit sans cesse
Dans les traditions.

Retrempé dans la foi par les discours des sages,
Et du divin Platon, maître de tous les âges,
Disciple studieux,
Epris et des vieux temps et des vieilles ruines,
Affermi dans l'amour des antiques doctrines
Et des nobles aïeux ;

Guéri de mes erreurs et de mon ignorance,
Du siècle vieillissant la vaine et longue enfance
M'apparut, et soudain,
Les yeux enfin lavés de ses folles poussières,
Aux sentiers d'où mes pas avaient erré naguères,
Je ressaisis ta main.

Hélas ! ce fut bien peu : le matin devint sombre,
Et ce que j'embrassais n'était déjà qu'une ombre,
Et l'ombre s'envola ;
Lentement de tes jours baissa la pâle flamme,
Et bientôt l'œil humain reconnaissait qu'une âme
Avait passé par là.

Ame, objet de mes pleurs, je ne t'ai point perdue ;
Tu n'es pas dans la bière au tombeau descendue
Avec tout mon bonheur :
Dans mon cœur de chrétien je soupire et j'espère :
Heureux celui qui dort ainsi que toi, mon frère,
Dans la paix du Seigneur !

Heureux s'il n'a pas vu notre mère-patrie
Tomber, la honte au cœur et la face meurtrie,
Avec un rire amer,
Et l'infâme étranger, le blasphème à la bouche,
Souiller d'un pied barbare et d'un accent farouche
Notre sol et notre air ;

Si son cœur, enflammé d'une clarté nouvelle,
Contemple avec amour la patrie éternelle
Et le bonheur promis :
Oh ! quand serai-je à toi, patrie auguste et sainte,
Immuable Sion, dont la divine enceinte
Ne craint point d'ennemis !

C'est là que du Seigneur la richesse féconde
Nous rend à pleines mains les pertes de ce monde
Et nos morts tant pleurés :
Ravis dans les splendeurs de nos siècles sans nombre,
D'un soleil sans déclin, sans nuage et sans ombre,
A jamais éclairés !

Alexandre JEANNIARD DU DOT.

---

# POÉSIE.

—

## DÉSENCHANTEMENT.

Quand la vive adolescence,
Riant matin d'un beau jour,
Découvrait à mon enfance
Des flots de vie et d'amour,

Tout m'offrait de nouveaux charmes,
Et mon esprit enchanté
Trouvait jusque dans les larmes
Un sujet de volupté.

Dans les champs, sous le feuillage,
Tout me parlait de plaisir,
Tout me présentait l'image
De mon bonheur à venir !

Les feux brillants de l'aurore,
Les bois, les gazons fleuris,
Les buissons riches encore
De la toison des brebis,

L'air embaumé qui s'exhale
Des prés aux douces senteurs,
Quand la brise matinale
Passe en caressant les fleurs,

Les nids joyeux d'hirondelles
Et les fertiles coteaux
Où venaient les pastourelles
Chanter près de leurs agneaux,

Les monts, les eaux, la verdure,
Les échos des frais vallons,
Enfin tout dans la nature
Me berçait d'illusions.

Mais aujourd'hui la tristesse,
Comme un terrible vautour,
S'attachant à ma jeunesse,
Me dévore nuit et jour.

Ah! le ciel qu'en vain j'implore
Pour moi n'a plus de clartés,
Le matin n'a plus d'aurore,
Les champs n'ont plus de beauté.

Je me reporte à toute heure
Vers mon antique saison;

J'entends une voix qui pleure
Dans la voix de l'aquilon.

Nul n'est demeuré fidèle
De mes plaisirs d'autrefois,
Et la muse que j'appelle
Reste elle-même sans voix.

Car mon âme qui se brise
Voit fuir son rêve incertain,
Comme au souffle de la brise,
Les nuages du matin.

---

## ÉLÉGIE.

Le temps renverse tout, et le hasard le guide :
Rien n'attendrit jamais ce vieillard inhumain,
Rien ne peut l'arrêter dans sa course rapide :
Tel qui rit aujourd'hui ne sera plus demain.

Quand il m'aura frappé de son arme cruelle,
Lorsque j'aurai subi notre commune loi,
Lorsque je dormirai dans la nuit éternelle,
Vous que j'ai tant aimés, souvenez-vous de moi.

Amis, venez parfois à ma tombe ignorée
Pour votre jeune ami répandre quelques pleurs ;
Venez à l'humble croix, de cyprès entourée,
Suspendre en souvenir vos couronnes de fleurs.

Ils ont fui comme un songe, hélas ! ces jours de fête,
Ces heures d'allégresse où, joyeux et charmés,
Ensemble nous allions cueillir la violette
Sur le penchant fleuri des coteaux parfumés.

Le renouveau parait la brillante nature,
Phébus autour de nous répandait ses rayons,
Le jeune oiseau chantait sous la jeune verdure,
Les jeunes blés ornaient les fertiles sillons.

O charmants souvenirs d'un bonheur infidèle,
Vous qui seuls me restez de mes jeunes amours,
Le temps, vieillard jaloux, apporte sur son aile
L'instant où je devrai vous quitter pour toujours.

Mon corps tout languissant, usé par la souffrance,
A vivre désormais n'a que peu de moments.
J'attends, plein de regrets et privé d'espérance,
Que la mort se présente et me dise : Il est temps.

---

## FRAGMENT SUR LA MER.

Quel prince vous gouverne, ô flots majestueux ?
Qui donc vous entoura de ce noir diadème
Et régla dans vos eaux ce bruit harmonieux ?
Celui qui règne au Ciel, l'Être saint et suprême
En qui seul j'ai placé ma force et mon appui.
Flots que mon œil contemple au sein d'un pur délire,
Le tonnerre est son arme et vous êtes sa lyre :
Quel instrument plus beau serait digne de lui ?

*Batz, 1863.*

---

## FRAGMENT SUR LE PRINTEMPS.

Le printemps renaît encore,
Et son haleine décore
Les champs, les prés et les bois;
L'eau retrouve son murmure,
L'herbe, sa fraîche verdure,
L'oiseau retrouve sa voix.

L'astre qui dispense au monde
Sa chaleur douce et féconde

Lève son front radieux ;
L'autan finit sa carrière,
Le ciel sourit à la terre,
La terre sourit aux cieux.

Feuillages nouveaux, joyeuse nature,
Pommiers tout blanchis, lilas odorants,
Du jeune printemps ô jeune parure,
Ton riant aspect enivre mes sens.

Je cours vagabond dans l'herbe grandie,
Une joie immense envahit mon cœur.
Partout c'est l'amour, partout c'est la vie,
Partout la gaîté, partout le bonheur.

---

## PORTRAIT.

Son visage est de glace et jamais la tristesse
Ni le brillant amour n'ont animé ses yeux :
Sa lèvre n'a de voix que pour les cris joyeux,
L'insouciant plaisir gouverne sa jeunesse.
Mais quand du feu sacré qui vit sur le Permesse
Il tombe un seul rayon sur ce visage altier,
Quand l'inspiration vient réchauffer son âme,
Il écrit, sa main vole et son regard s'enflamme,
Et son cœur dans ses vers se répand tout entier.

*Campbon, 13 décembre 1865.*

## FRAGMENT.

Enfants, dormez en paix, dormez dans l'innocence,
Car vos Anges gardiens veillent à vos côtés ;
Les voyez-vous planer dans l'ombre et le silence
Et vibrer mollement des hymnes enchantés ?
Dormez, et quand viendra la rougissante aurore
Epandre la rosée au penchant des coteaux,
Aux premiers feux du jour vous reprendrez encore
Et vos paisibles jeux, et vos joyeux travaux...
Ah ! conservez longtemps l'heureuse insouciance,
Passez dans la gaîté les beaux jours de l'enfance,
Fleurs que le temps jaloux vous enlève en passant.
Le ciel paraît bien noir, et l'âge qui s'avance
Dans un lointain chargé de peine et de souffrance
Vous laisse voir déjà l'avenir menaçant.....

*Campbon, 1863.*

---

## AU PRINTEMPS.

### IDYLLE.

Voici le printemps, ô belle nature,
Voici le printemps, sors de ton sommeil;

Le chêne reprend sa verte parure,
L'oiseau se ranime aux feux du soleil.

Voici le printemps, l'humble violette
Se cache odorante au pied des buissons;
Le gazon verdit et la pâquerette
Emaille de blanc le vert des gazons.

L'oiseau dans les airs, la barque sur l'onde,
Et le laboureur au milieu des champs, (1)
Tout rit et s'anime, et tout dans le monde,
S'unit pour chanter le nouveau printemps.

Et moi, j'ai repris ma simple houlette
Et le tendre soin de mes blancs agneaux,
J'ai recommencé mes chansons de fête
Et j'ai réparé mes gais chalumeaux.

Depuis le matin jusqu'à la nuit close,
Couché mollement sous l'ombre des bois,
J'apprends à l'écho le doux nom de Rose, (2)
Et l'écho joyeux répond à ma voix (3).

*Campbon, janvier 1866.*

(1) Hor. Ode IV, l. 1.

(2) *Formosam resonare doces Amaryllida sylvas.* VIRG., *Ecl. I.*

(3) *Non canimus surdis, respondent omnia sylvæ. Ecl. X.* — *Jocosa montis imago.* HOR.

## FRAGMENT.

. . . . . . . . . . . . . . . . . . . . . .

C'est que la Liberté n'est point une poissarde
Aux attraits sombres et grossiers,
A la face bronzée, à la gorge criarde,
Aux regards gauchement altiers,
Qui n'entendit jamais que le cri de la guerre,
Ne se plaît qu'au bruit des combats,
Se vautre dans le sang, pareille à la panthère,
On l'implore, elle n'entend pas !

. . . . . . . . . . . . . . . . . . . . . . . . . . . .

*Campbon, 4 juillet 1866.*

---

## AUX OBSÈQUES D'UN ZOUAVE PONTIFICAL.

Oui, vous pouvez mourir, ô généreux courages,
O vous qui combattiez pour la foi du Seigneur,
Car votre souvenir de l'abîme des âges
Toujours s'élancera vainqueur.

Vous serez couronnés par la main de l'histoire
De lauriers immortels que rien ne peut ternir,

Et les récits de votre gloire
Eblouiront les siècles à venir.
Oh ! qu'arrivent les jours où des instants sans nombre,
Pour la mort fécondes moissons,
Auront sur nos tombeaux entassé les décombres
Des cités et des nations !
Alors apparaîtront vos brillantes images
Parmi les ombres du passé,
Instruisant les mortels et perçant les nuages
Du temps sur vos fronts amassés :
On verra vos exploits, dans cette ère inconnue,
Étonner le fils de nos fils,
Et son cœur bondira dans sa poitrine émue,
Quand son père aux cheveux blanchis, (1)
Arrêtant un souris sur sa bouche de rose,
Dira : Mon fils, incline-toi,
Incline-toi, mon fils, c'est ici que repose
Le soldat du Pontife-Roi.

*Campbon, mardi, 9 octobre 1866.*

(1) André Chénier, hymnes :

Car son vieux père, ému de transports magnanimes,
Lui dira : Vois, mon fils, vois ces augustes cimes.

Victor Hugo a imité ce mouvement dans la pièce : *A l'Arc de Triomphe.*

### ÉLÉGIE II.

Eh quoi ! déjà partir ! ma vie était si belle !
A peine l'effleurait la plus courte douleur,
Les ris et les plaisirs se jouaient autour d'elle :
Pourquoi déjà mourir ? j'avais tant de bonheur !

J'en avais dans les jours de ma candide enfance,
  Asile du gai souvenir,
Dans un présent rempli d'amour et d'espérance :
  J'en voyais tant dans l'avenir !

O mort ! que me veux-tu, fantôme épouvantable,
  Avide de cris et de pleurs,
Conduisant devant toi, cohorte insatiable,
  Tout un cortége de douleurs.
Monstre affamé du sang de l'heureuse jeunesse...
  . . . . . . . . . . . . . . . . . . . . . . .

Qu'on pense encore à moi quand la tombe cruelle
  Couvrira mes os inhumés,
Et que j'occupe encor la mémoire fidèle
  Des êtres que j'ai tant aimés.
Qu'au pied des frais lilas ma tombe soit creusée,
  Et que mon nom toujours vivant,
Pour ceux qui m'ont connu, douce et triste pensée,

Soit gravé sur le monument;
Afin que le passant dise en voyant mon âge :
Toute jeunesse peut mourir,
Et bien souvent la fleur qui naît dans le feuillage
Avant le soir doit se flétrir.

*Octobre ou novembre 1866.*

---

## NUIT D'HIVER.

Déjà le pré blanchit sous la froide gelée;
L'hiver, saison de mort, envahit nos climats,
Phœbé, d'un lourd manteau soigneusement voilée,
Traverse les chemins de la voûte étoilée
Et grelotte en son char tout rempli de frimas.

Quelle nuit! se dit-elle . . . . . . . . . . . . . . . . . . .
Endymion, ce soir, m'attendra vainement :
Achevons sans retard ma course solitaire ;
L'haleine de Borée a bien durci la terre
Et le froid est bien vif au haut du firmament.

Nature, ne crains pas : le renouveau t'amène
Sur les ailes du temps les fleurs et les beaux jours,
Et les nuits où Phœbé, nonchalante et sereine,
Dans la plaine d'azur mollement se promène,
Parmi les rêves d'or et les tendres amours.

J'ai mon hiver aussi : quelques moments encore,
Et j'aurai disparu du milieu des vivants :
Je meurs ! comme une lampe éteinte avant l'aurore,
Je quitte, presque enfant, ce monde que j'ignore
Et qui s'offrait à moi si plein d'enivrements.

Tu renaîtras un jour, immortelle nature,
Mais pour mon triste hiver il n'est pas de printemps ;
Tu renaîtras un jour, plus brillante et plus pure,
Et moi, sous les cyprès à la sombre verdure,
Un hiver éternel aura dompté mes sens. (1)

Quand les douces clartés d'une aube printanière
Viendront porter la joie et l'amour ici-bas,
Le brillant Apollon, rentrant dans sa carrière,
Couvrira mon tombeau de sa vive lumière,
Et mon front endormi ne s'éveillera pas.

*Novembre 1866.*

(1) *Dompté par la mort*, expression fréquente dans Homère.

Je suis jeune par l'âge et vieux par la souffrance ;
Mon cœur a tout perdu, tout, jusqu'à l'espérance ;
Et souvent, quand je ris et qu'on me pense heureux,
Des larmes, en secret, viennent mouiller mes yeux.

*Campbon, samedi, 30 juin 1866.*

---

## FRAGMENT.

Qu'il pende sur la pierre un saule au vert feuillage,
Et qu'un lilas riant couvre de son ombrage
La croix qui marquera mon suprême séjour,
Et d'un reflet ami, le soir, quand le jour tombe,
Qu'un rayon de soleil vienne dorer ma tombe,
Que la brise y murmure un doux soupir d'amour.

---

## SOLEIL D'HIVER.

Fait après une lecture de *l'Athéisme et le Péril social.*

L'agneau bondit en paix dans la verte prairie,
Vous croiriez du printemps admirer le retour,
Le soleil verse à flots la lumière et la vie,
Et pourtant je suis triste en ce riant séjour.

Car j'ai tremblé, Seigneur, à la voix de l'impie:
L'impie a méprisé votre divin amour
Et, dans les vains transports d'une aveugle folie,
A blasphémé le Dieu qui lui donna le jour.

Ah! Seigneur, je suis homme, et faible entre les hommes,
Mais devant les forfaits de l'époque où nous sommes
Je sens frémir en moi l'instinct religieux.

Et mon cœur indigné, ranimant son courage,
Veut mêler, aussi lui, quelque pieux hommage
Aux cris blasphémateurs vomis contre les cieux.

*Janvier 1867.*

---

## FRAGMENT.

Ah! ne m'accable pas dans ta juste colère :
Je ne suis qu'un pécheur, faible entre les humains.
Ton pouvoir est sans borne, et le ciel et la terre
Sont l'œuvre de tes mains.

L'univers à ta voix quitte la nuit profonde;
Tu créas du soleil le disque éblouissant :
Un seul mot de ta bouche, et l'on verra le monde
Rentrer dans le néant.

Tu poursuis les méchants d'un bras inévitable;
Mais tes élus, remplis d'un saint et doux effroi,
Dans les flots d'un bonheur immense, intarissable,
S'abîment devant toi.

*1867.*

---

PROSE

—

## LE BERGER DU MÉNALE.

Sur le penchant boisé du Ménale, que l'Alphée arrose de ses eaux limpides, s'élevait une simple cabane de pasteur. Un vieux chêne qui n'avait jamais connu le fer de l'émondeur ombrageait son humble toit de chaume ; à l'entour régnait un petit enclos où croissaient des légumes et des arbres fruitiers. Jusqu'au pied de la montagne s'étendaient de vastes prairies bordées de chênes et de pins sonores, et retentissantes tout le jour du mugissement des bœufs et des chalumeaux des bergers. De petits ruisseaux les traversaient en murmurant sur les cailloux polis, et près de leurs rives croissaient des lauriers-roses dont les rameaux, chargés de fleurs, s'étendaient au-dessus des ondes et formaient une voûte parfumée. On dit que bien souvent, Diane, lassée de poursuivre un lourd sanglier ou une biche aux pieds volants, est venue se reposer sous cet ombrage et s'est désaltérée dans ses eaux courantes : alors ses nymphes attentives rajustaient ses cheveux dérangés par la course et essuyaient la sueur qui coulait de son beau front. Plus bas, enfin, l'Alphée coulait calme et tranquille, se complaisant sur ces bords enchanteurs. Phébus lui-même chérissait ce séjour et semblait y répandre une lumière plus riche et plus agréable.

Ce jour-là, cependant, il ne s'était point montré à la terre, des nuages obscurs voilaient la face du ciel, l'aquilon pleurait dans la cime des pins, et la pluie incessante et pressée battait les murs de la frêle cabane. La nuit était venue plus sombre et l'orage avait continué. Phœbé n'avait point paru sur son char d'argent, attendue en vain par Endymion. Le berger rêveur n'errait point dans la campagne, redisant ses chansons à l'écho plus sonore, et admirant les splendeurs de la nuit ; mais, jeté sur sa couche, an bruit des vents et de l'onde, il dormait.

Seul, le vénérable Tyrtée, l'oracle des pasteurs, veillait encore. Assis sur un banc rustique, devant l'âtre où pétillait un feu réjouissant, il tressait une corbeille avec du jonc flexible, pour porter son offrande sur les autels de Pan. Sa fille chérie, Cyanée aux yeux bleus, filait auprès de lui. Mais, par moments, ses doigts lâchaient le fuseau, ses paupières s'abaissaient, et sa blonde tête retombait endormie sur la poitrine. Puis elle se réveillait subitement et semblait écouter avec effroi le bruit de la tempête ;

alors un nuage passait sur son front, et elle reprenait tristement son ouvrage.

Soudain la porte retentit sous des coups répétés. Cyanée se lève tremblante et demande qui erre à cette heure avancée. « Ce sont deux voyageurs accablés de fatigue et égarés par l'obscurité dans ces montagnes. » La porte est ouverte, timidement encore, et laisse entrer deux hommes dont l'un tout jeune et presque enfant, l'autre semblait avoir déjà passé le milieu de la vie. Chacun tenait un bâton à la main, tous deux ruisselant de pluie et paraissant abattus par une longue marche. Tyrtée les fait asseoir à côté de lui près du foyer, et ils étendent devant le feu leurs manteaux humides.

Cependant un repas frugal avait été servi par Cyanée : du fromage, du lait, des fruits de la saison ; elle versa du vin d'une amphore aux larges flancs dans des coupes de buis, et les deux voyageurs, sur l'invitation de Tyrtée, prirent place à la table champêtre. La jeune fille cependant les contemplait avec un étonnement mêlé de tristesse, et d'une voix faible et entrecoupée : « C'est bien cela, gémit-elle, ils étaient bien ainsi. » Et cachant sa tête entre ses mains, elle fondit en larmes. « O ma fille, dit Tyrtée, ce regret ne fuira-t-il donc jamais de ton cœur? que te sert de pleurer? tes larmes rendront-elles la vie à ta mère ? Ah ! je la regrette aussi moi ; mais que font nos regrets ? Résignons-nous, ma fille : nous reverrons un jour son ombre bienheureuse dans les Champs-Elysées. » (1)

Puis se tournant vers les voyageurs : « Et vous aussi, ô hommes vénérables, n'aurez-vous point compassion de ma misère ? Les destins m'ont bien durement éprouvé. Hélas ! j'ai bu

(1) Ceci est antique sans doute à la façon de Fénelon, c'est-à-dire chrétien.

d'abord à la coupe de la vie tout le doux nectar, je savoure maintenant la lie. Je vivais content dans cette paisible demeure. Ma femme et mes trois enfants y habitaient avec moi et entouraient ma vieillesse de tranquillité et de bonheur. Je m'estimais assez heureux. Mais peut-on compter sur la durée de la bonne fortune ? Faudra-t-il donc toujours que nos crimes enflamment la colère des dieux ? Faudra-t-il donc toujours que les innocents paient pour les coupables ?

» Sur les verdoyants coteaux du Ménale, un champ était consacré à Jupiter, les prêtres de ce dieu le cultivaient eux-mêmes, et les fruits en étaient offerts sur les autels. Un jour, quelques jeunes insensés pénétrèrent dans ce champ et le dévastèrent en se moquant de la puissance du souverain des dieux. Mais voilà qu'un lion rugissant s'élance de la forêt voisine, et, se précipitant sur eux, les déchire de ses ongles sanglants ; puis, ce monstre, enfant de la colère céleste, parcourt les campagnes environnantes, détruisant les moissons, dévorant les troupeaux et les pasteurs.

» Quels bois ou quels rochers te retenaient alors, ô Pan, protecteur de l'Arcadie ? Etaient-ce les bords fleuris du Céphise, ou la fraîche Tempé? Car on ne te vit point implorer pour nous la clémence de Jupiter, on ne te vit point soutenir contre la rage du monstre tes bergers chéris !

» Un soir, il y a cinq ans de cela, c'était comme ce soir, le vent soufflait et la pluie tombait. J'étais assi près de ce foyer, tressant une corbeille de jonc; ma Cyanée, alors âgée de dix ans, filait à mes côtés. Ma femme, partie le matin pour le marché de la ville voisine, avec ma plus jeune fille, et mon dernier enfant, encore à la mamelle, n'était point rentrée ; une inquiétude mortelle nous rongeait. Tout à coup, on frappa à la porte : deux voyageurs, comme vous, nous demandaient l'hospitalité. Nous les recevons avec empressement, et, pendant le repas, je leur fais part de mes inquiétudes. Hélas ! le monstre avait dévoré à leurs yeux une femme et deux enfants en bas âge et s'était enfui rugissant au fond des bois.

» Qui pourrait vous peindre ma douleur et les larmes de ma fille ? Nos cris remplissaient la cabane, nous invoquions le ciel, et nous réclamions aux dieux les chers objets qu'ils nous avaient enlevés. Mes hôtes parurent touchés de notre douleur, et le plus vénérable des deux, celui qui paraissait commander à l'autre, nous dit ces paroles : « O vertueux mortels, vous » avez porté la peine des criminels; ainsi l'exi- » geaient les immuables destins. Mais le puissant » Jupiter ne veut point que tant de malheurs

» restent sans récompense. Soyez confiants : un » homme de votre famille vous rendra le bon» heur et viendra déposer à vos pieds la palme » des jeux olympiques. » Il dit, et soudain ces deux hôtes disparurent et ils se dissipèrent en une légère vapeur, et une odeur divine d'ambroisie resta longtemps dans la cabane.

» J'attendais le bonheur promis : mais qu'il est long à venir ! Cet homme de ma famille, où est-il ? quel est-il ? Car je ne me connais plus de parents. Je suis tenté de croire que les dieux ont voulu se jouer de moi et insulter à mon malheur. »

« Espérez, ô vieillard, lui dit le plus âgé des voyageurs, espérez, les dieux n'ont pas voulu vous tromper, et la vertu touchante qui se montre dans toutes vos actions ne peut rester plus longtemps sans récompense. Pour nous, soyez certain que jamais ce jour ne sortira de notre mémoire.

» Notre patrie est Sicyone; je suis le vieux Philémon, et je conduis mon élève Léandre, fils de Sophronyme, vers l'illustre Olympie où il doit disputer devant toute la Grèce la couronne de la poésie. Sans vous, ô généreux vieillard, peut-être nous eussions péri dans les défilés de ces montagnes. Quelque part que nous soyons, nous nous souviendrons des bergers du Ménale. Plaise aux dieux tout puissants que là ne se borne pas notre reconnaissance ! »

Cependant Cyanée avait cessé de pleurer : ses yeux avaient rencontré les yeux de Léandre, et une grande douceur était descendue dans son âme. La conversation se prolongea entre les hôtes bien avant dans la nuit. Enfin ils se levèrent et chacun s'étendit sur une couche moelleuse, et le doux sommeil s'empara d'eux.

Le lendemain, l'aurore s'était levée sereine, le soleil dorait les cimes des arbres, les oiseaux chantaient dans le feuillage humide, et la nature joyeuse célébrait le retour du beau temps. Les étrangers, éveillés avec le jour, quittèrent la modeste cabane et prirent congé de leurs hôtes, les larmes aux yeux et se promettant de se revoir. Léandre, en passant près de Cyanée, lui prit doucement la main, et, se penchant vers elle, il murmura ces paroles pleines d'espoir : « Cyanée, lui dit-il, souviens-toi de l'oracle de Jupiter. »

*1865.*

---

## HOMÈRE DANS L'ILE D'ITHAQUE

—

DAIGNE écouter ma timide prière, ô muse des doux chants, daigne m'inspirer, majestueuse Polymnie, toi qui, sur le sommet ombragé du Parnasse, unis les accords de ta lyre à la voix harmonieuse du sublime Apollon.

Là, coule incessamment une onde calme et transparente sur un gazon fleuri ; là, souffle toujours un air pur ; là, croissent et le superbe laurier et la rose aux brillants pétales, et l'humble violette au suave parfum ; là, les favoris du fils de Latone jouissent d'un bonheur simple et tranquille, dans ces riants bosquets, loin du tumulte des cités et des criminels humains.

O muse, je n'ai point bu de ces eaux limpides, je n'ai point respiré cet air pur, je n'ai point cueilli de ces fleurs enchantées, et cependant, j'ose élever mes regards jusqu'à toi, j'ose essayer sur le mode ionien les cordes de ma lyre inhabile.

.......................................

Le jour allait finir, tout était tranquille sous le dôme des cieux, la vague venait mollement se briser contre les rochers, à peine un léger zéphire inclinait la tête des jeunes plantes et des rares arbustes qui croissaient dans les terrains arides de l'île d'Ithaque. Le soleil qui disparaissait dans les flots projetait encore sur le sommet des montagnes ses derniers rayons. Sur un quartier de roche était assis un vieillard d'un aspect noble et majestueux. A son vénérable visage, on eût dit le souverain des dieux ou quelque immortel exilé de l'Olympe. Une longue chevelure, plus blanche que la neige, retombait en désordre sur ses larges épaules; sa barbe également blanche, lui recouvrait toute la poitrine. Ses yeux mornes et sans éclat indiquaient assez qu'il était aveugle. Hors cette infirmité, il paraissait conserver encore toute la force et la vigueur de la jeunesse. Une lyre pendait à sa ceinture et un bâton noueux d'olivier sauvage était près de lui sur le rocher.

Il resta quelque temps dans une attitude triste et sombre, la tête appuyée entre ses deux mains. Tout à coup il se redressa comme un homme qui sort d'un profond sommeil, et, levant vers le ciel sa main suppliante et ses yeux privés de la lumière : O dieux puissants, s'écrie-t-il, et toi aussi, souverain Jupiter, quand mettrez-vous un terme à mes malheurs ? Hélas, je les croyais finis ! mais quel homme pourra s'opposer aux arrêts inflexibles du destin ? Car, je le sens, je ne suis point ici dans ma chère île de Chios. Non, ce n'est point là le sol de ma patrie, ce sol aride et sec que je foule en ce moment; ce n'est point l'air natal, celui que je respire! Où suis-je? dieux de l'Olympe! où suis-je? Seul, sans abri, sans guide, que faire? que devenir? Déjà la nuit approche et je n'ai point mangé, et je n'ai pas un toit pour me préserver des intempéries de l'air! Si je chantais... peut-être... oui, peut-être quelque homme ami des dieux me recueillerait, touché de mes accents ou de mon malheur. Mais ici, comme ailleurs, est-ce qu'on a pitié des misérables? N'importe, chantons, les dieux ne m'abandonneront pas.

Et il saisit sa lyre. A sa voix, toute la nature parut s'attendrir : les divinités de la mer se pressaient pour l'entendre; les dauphins s'arrêtaient à la surface des ondes; la blonde Néréide élevait doucement sa tête au-dessus des flots d'azur, et les jeunes Tritons accouraient en foule, oubliant leurs conques recourbées, pour écouter le chantre divin.

Mais voilà que des pas d'hommes ont retenti soudain sur le rivage : le bêlement des agneaux, le mugissement des génisses est arrivé jusqu'aux oreilles du vieillard. C'est sans doute quelque berger qui ramène à l'étable ses troupeaux fatigués. Finissant donc ses chants, il se dirigea du côté où l'appelait le bruit, et bientôt les aboiements des chiens qui se précipitaient autour de lui l'avertirent qu'il était arrivé.

« O hommes, qui que vous soyez, s'écria-t-il, ayez compassion d'un misérable, prenez pitié d'un pauvre vieillard indignement abandonné sur ces rivages. »

Mais le berger : « Tu ne seras point repoussé, ô voyageur, lui dit-il. Suis-moi, je ne suis qu'un pauvre pasteur, je ne possède rien, et mes brebis mêmes ne sont pas à moi. Mais mon maître est généreux, et pour lui le malheur est une sainte recommandation. Il s'appelle Mentor, petit-fils de celui qui fut si cher autrefois au prudent Ulysse. Prends ma main pour te diriger, ô voyageur, puisque le souverain Jupiter t'a privé de la lumière du soleil, et je te conduirai dans la maison de Mentor. »

Ils marchent, et bientôt ils ont atteint la demeure de l'illustre vieillard. Assis sur un banc rustique, il voyait défiler devant lui ses grands bœufs au pas lourd et ses brebis à l'épaisse toison, qui rentraient à l'étable. A l'aspect de l'aveugle, il se lève et s'avance vers lui, et d'une voix où l'on devinait la pitié dont son âme était émue :

« Sois le bienvenu, ô étranger, lui dit-il ; on ne dira pas qu'un voyageur malheureux aura été repoussé de la maison de Mentor. Entre, car le jour baisse, et viens partager avec nous le repas du soir et le sommeil de la nuit. »

Il dit, et lui prenant la main, il le conduit dans la salle du festin. Les parfums recherchés brûlaient dans les cassolettes d'argent et remplissaient la maison d'une douce odeur ; les viandes exquises fumaient sur les disques d'airain. De nombreux flambeaux d'or, disposés autour de la salle, formaient un jour brillant dans le sein de la nuit. Mentor a fait asseoir le vieillard sur un siége élégant et lui-même a pris place au milieu de ses nombreux convives. On apporte les amphores savoureuses, et les coupes d'or se remplissent d'un vin noir. Le bruit des voix et les joyeux propos retentissent dans les vestibules immenses. Mentor saisit une coupe antique, lourde d'or et de pierres précieuses, et la remplit jusqu'aux bords d'un nectar écumant. Soudain il se fit un grand silence.

« O toi, illustre fils de Saturne, protecteur de l'hospitalité, rends-nous favorable le jour où il m'a été donné de recevoir ce vénérable étranger. Viens, ô Bacchus, dispensateur de la joie, viens, ô sage Minerve, nous aider à célébrer cette heureuse rencontre ! »

Il dit, et répandit la coupe en l'honneur de Jupiter hospitalier. Alors Evénon se leva, l'harmonieux Evénon à la longue chevelure, et s'accompagnant de la lyre d'or qu'il avait reçue d'Apollon sur la cime élevée du Parnasse, il chanta :

« La nuit a couvert le monde et la blanche Phœbé, sur son char d'argent, parcourt l'immensité des cieux.

» Le laboureur repose sur un lit de feuillage ses membres roidis ; le pauvre, sous les pavots de Morphée, goûte l'heureux oubli de ses misères.

» C'est maintenant que les lions sauvages font retentir la forêt de leurs rugissements, c'est maintenant que les loups dévorants cherchent la brebis égarée qui n'a pu retrouver le bercail.

» Et nous, au milieu des douceurs de Bacchus et devant une table bien servie, nous jouissons en paix des plaisirs de l'hospitalité.

» Nous jouissons des plaisirs de l'hospitalité, et nous bénissons la bonté de celui qui n'a des richesses que pour les partager avec ceux qui n'en ont pas.

» Mais qui donc a versé un charme si doux sur notre heureuse assemblée ? Est-ce toi, ô vénérable vieillard ? Ne serais-tu point quelque dieu caché sous la forme humaine pour nous éprouver ?

» Quel es-tu donc, ô homme respectable ? Ta présence répand un charme secret sur tous ceux qui t'environnent : quand tu parles, on s'arrête, saisi d'admiration. »

Ainsi chante Evénon, et Mentor prend aussitôt la parole : « Tu viens d'entendre, ô noble étranger, les vœux de cette assemblée tout entière. Dis-nous, quel dieu es-tu, ou quel illustre mortel ? Quel caprice de la fortune t'a jeté seul et abandonné sur ces rivages ?

Mais lui : « Tu m'ordonnes, ô homme généreux, de raconter mes malheurs. J'obéirai. Que puis-je refuser à celui qui m'a nourri lorsque j'avais faim, qui m'a reçu sous son toit lorsque je n'avais pas d'abri ?

» Je ne suis point un des dieux, je suis au contraire leur victime, et je ne sais pas en quoi je les ai offensés. Je ne fus pas toujours tel que vous me voyez, aveugle et malheureux : je fus jeune autrefois, et mes yeux s'ouvraient à la lumière, et j'étais comblé de richesses, et ma galère aux nombreux rameurs sillonnait les flots argentés. Je naquis dans l'île de Chios, je m'appelle Homère; c'est moi qui chantai la guerre de Troie et les combats du bouillant fils de Pélée. Sur un navire léger, je parcourus les mers de la Grèce et de l'Asie ; je visitai les ruines fumantes encore de la triste Ilion, et la patrie de la belle Hélène et le royaume du prudent Ulysse ; je connus les îles nombreuses de la mer Egée : et la féconde Lesbos, et Délos aimée d'Apollon, et la blanche Paros, et la Crète aux cent villes, et la riante Paphos aux bosquets de myrte, domaine de la molle Vénus. Je parcourus la Sicile aux riches moissons et les sommets brûlants de l'Ætna, vaste demeure des Cyclopes. Je visitai la grande Hespérie, depuis l'Ibérus aux colonnes d'Hercule, et la Libye sablonneuse, royaume d'Atlas qui soutient le ciel.

» Déjà nous voguions joyeux vers les côtes de

l'Epire. J'allais revoir les rives de l'Achéron et du noir Cocyte et les routes du sombre Tartare. Mais, hélas ! il ne plut pas ainsi à l'inexorable Destin. Le temps de ma vigueur était passé, ma vue s'affaiblissait, un voile répandu devant mes yeux me dérobait l'aspect du ciel.

» Enfin, nous n'étions plus qu'à quelque distance de la côte, quand la lumière du jour me fut à jamais enlevée, et je n'eus pas même la consolation de voir la fumée s'élever au loin des toits de la terre désirée.

» Mais un malheur ne vient jamais seul ; quand le Destin s'est acharné contre un homme, il ne le quitte jamais. Nous avions retourné la proue et je revenais mourir au milieu de mes compatriotes, quand, soudain la mer se gonfla, l'aquilon sonore mugissait autour de nous, et la foudre de Jupiter se mêlait au bruit des flots. Un instant, la vagne nous portait jusqu'aux régions élevées de l'air, puis, on entendait le navire toucher au sable profond qui recouvre le lit des eaux. Il y eut enfin une horrible secousse, suivie d'un craquement plus horrible encore, et l'on entendit le bruit de l'eau qui se précipitait avec violence par les fentes de la galère. Je me sentis bientôt soulever et porter par les vagues : la pâle terreur me saisit, mes cheveux se dressèrent sur mon front, toute ma force m'abandonna, et je perdis l'usage de mes sens. Quand je me réveillai, j'avais été déposé sur le rivage. Mon chien, couché près de moi, me léchait doucement les mains, et le flot me couvrait encore de sa blanche écume.

» Je me levai et j'appelai mes compagnons : mais rien ne me répondait, que le sifflement de l'Eurus en courroux et la vague écumante qui gémissait sur la grève. J'étais seul, abandonné sur un rivage inconnu ; aveugle, qu'allais-je devenir ? Déjà la mort m'apparaissait hideuse et le spectre insatiable de la faim se présentait à moi. J'avançai à tout hasard dans l'intérieur des terres, et déjà j'avais fait bien du chemin et la fatigue se faisait sentir à mes membres vieillis, lorsque je m'aperçus qu'un grand mouvement régnait autour de moi. J'entendis les aboiements des chiens et les joyeux propos des travailleurs. Alors, la noble Calliope m'inspira de chanter mes vers, comme j'avais vu jadis quelques pauvres vieillards chanter ceux de Linus et d'Orphée ; puis, je racontai mes malheurs et l'on me donna l'hospitalité. Je parcourus l'Epire pendant six mois. Un jour enfin, des marchands de Carie me prirent avec eux, promettant de me reconduire dans mon pays. Mais ne pouvant leur payer mon passage, ils m'ont abandonné sur cette rive inconnue. Carie, puisque tes fils ont dédaigné les Muses, sois maudite à jamais ! Fassent les dieux immortels que tu deviennes un objet de mépris pour les enfants des Grecs dans la suite des générations.

» Et maintenant que je vous ai raconté mes aventures, dites-moi, ô généreux mortels, en quelle heureuse contrée m'ont conduit les dieux. Ne suis-je pas dans Ithaque, puisque ce berger m'a conduit à la demeure de Mentor ?

— Vous êtes en Ithaque, dans la patrie du sage Ulysse.

A ces mots le vieillard se leva, une joie immense anima son visage, des larmes tombèrent de ses yeux éteints et ces paroles rapides volèrent de ses lèvres :

« Salut, ô noble Ithaque, ô terre du prudent Ulysse ; l'ami que tu reçus jadis respire encore ton air hospitalier. C'est une consolation des dieux au milieu de mes malheurs de m'avoir reconduit dans cette terre chérie. O Mentor, je ne te vis point autrefois, mais tes compatriotes me reçurent avec bienveillance, et je ne l'oublierai jamais. Je chanterai les malheurs du prudent Ulysse, et le nom d'Ithaque sera célèbre aux hommes qui doivent naître. Je ne puis vous payer vos bienfaits avec de l'or, je vous consacrerai mes chants. Je suis pauvre et n'ai que ma lyre ; mais cette lyre est immortelle et les hommes à venir l'entendront, et mes chants seront portés sur les ailes du temps, de génération en génération, jusqu'à ce jour cruel, jour de deuil et de misère, où une même flamme consumera et la terre et l'enfer et l'Olympe élevé, et les demeures des hommes, et les profonds abîmes du Tartare. »

Ainsi parlait le grand vieillard, et les convives émus retenaient leur haleine, et les serviteurs empressés demeuraient immobiles comme des statues de marbre : on eût dit que sa voix avait enchaîné tous ceux qui l'écoutaient.

Quand il eut terminé son discours, le généreux Mentor se leva et, prenant son hôte par la main, le fit coucher sur un lit moelleux; mais ce fut à regret que les nobles convives quittèrent la salle du festin.

Nantes. — Imp. Vincent Forest et Émile Grimaud, place du Commerce, 4.

www.ingramcontent.com/pod-product-compliance
Ingram Content Group UK Ltd.
Pitfield, Milton Keynes, MK11 3LW, UK
UKHW020243220726
13923UKWH00002B/797

9 782019 249823